हवलदार बहादुर
और
गब्बर सिंह

चित्रांकन :
बेट्टी
लेखक :
विनय प्रभाकर
इसका ख्याल रखना।
जी साहब!

एक सुबह थाने में—
चल बे अंदर!

सर!
ओह! हवलदार बहादुर।
शोले वाला गब्बरसिंह? मगर वह आपके हाथ कहां से लग गया?

सर! सुना है आप किसी बड़े बदमाश को पकड़ लाये हैं?
हां! गब्बरसिंह नाम है उसका!
वह फिल्मों वाला गब्बर-सिंह नहीं है बेवकूफ! सचमुच का खतरनाक अपराधी है। उसे पकड़ने के लिए मुझे बड़े पापड़ बेलने पड़े हैं!

आपने पायड़ बेलने का कष्ट क्यों उठाया सर! हमसे कह दिया होता। हम गाबरसिंह को पकड़कर हवालात में सड़ा डालते। ही...ही...ही...!
उफ! तुमसे बात करना और गधे के आगे बीन बजाना एक समान है।
गुर...! पता नहीं क्या समझता है अपने आपको।
फिर हवलदार बहादुर अपने इलाके में गश्त लगाने के लिए चल पड़े थे।
दो घंटे बाद जब वह वापस थाने पहुंचे—
धीं'ss
उधर देखो।
आंय! यह क्या हो रहा है?
ओय मणफूल सिंह, की होया भई?
गाबरसिंह भाग गया हवलदार जी!

भाग गया? ही...ही...ही...!
इसमें हंसने की क्या बात है?

हंसने की ही तो बात है। अब बेचारे खड़गसिंह को उसे पकड़ने के लिए दोबारा पायड़ बेलने पड़ेंगे। ही...ही...ही...!
साहब का मज़ाक उड़ाते हो, मैं उनसे शिकायत करूंगा!

उधर—
यह तस्वीर अच्छी तरह देख लो। यह बदमाश हर हाल में गिरफ्तार होना चाहिए।
मे आई कम इन सर?
ज...जी...मैं तो यह सोचकर आया था, शायद आपको मेरी मदद की ज़रूरत हो।
अच्छा ठीक है! तुम भी गब्बरसिंह को तलाश करो मगर कोई मूर्खता नहीं होनी चाहिए।
तुम! तुम्हें यहां किसने बुलाया है?
जब आप मौजूद हैं तो भला मुझे मूर्खता करने की क्या पड़ी है?
अगले दिन हवलदार बहादुर ड्यूटी पर थे।
ओय! यह बैंगन कैसे दिये?
बहुत सस्ते हैं जी! सिर्फ दस रुपये किलो ही... ही... ही...!

दस रूपये किलो!
बिदकते क्यों हो हवलदार जी, आप कुछ कम दे दीजिए।

तभी—
आंय! यह तो गढ़बरसिंह है।

और –
हटो, रास्ता दो।

याह sss!
ओय! यह क्या बदतमीजी है?

इस बदतमीजी को हवलदार बहादुर कहते हैं प्यारे!
ओह! यह तो पुलिसिया है।

और –
च्याड़!
हाय मरा!

नहीं छोड़ूंगा।

अबे हट मटमैल!
धड़ाड़
हाय!

ढिश्शुम
हाय!

धड़ाड़
हाय! मर गया रे!

उनके छूट जाकर गिरते ही गब्बरसिंह भागा खड़ा हुआ, लेकिन—
पकड़ो...पकड़ो!

हवलदार फुल स्पीड से पीछा कर रहे थे।
नहीं छोड़ूंगा साले...!

हवलदार जब सड़क पर पहुंचे--
ओह भैंसें...!
.....

भैंसों को उनका इस तरह सामने आना पसंद नहीं आया था। जैसे ही वे मुड़े–
गुर्र गुर्र धाड़
आई...ई... ई SSS!

उफ!
च्याड़
आंय! यह कौन बदतमीज मेरी पीठ पर आ चढ़ा है?

और–
ओय रुक जा, ओय भैंस...!

अरे! कहां ले जा रही है मेरी मां? रुक जा... रुक जा...!

हाय! मट वाया रे
च्ड़ाम

अबे ओय, तेरी तो...!
अपने पीछे पहलवान को डंडा लेकर आते देख भैंस ने और तेज़ दुड़की लगाई!
अरे बाप रे!
नहीं छोड़ूंगा साले। तेरी भैंस की दुम उखाड़ दूंगा।

ओय!

भैंस पर बैठकर कानून का उल्लंघन करता है साले! चालान करवा तेरा!

ओय, भैंस प्यारी रुक जा। देख, ट्रैफिक वाला भी पीछे लगा आया है।
ओय रुक जा।

ओय, रोक ले अपना वाहन! तेरा चालान करवा।
क...कैसे रोकूं?

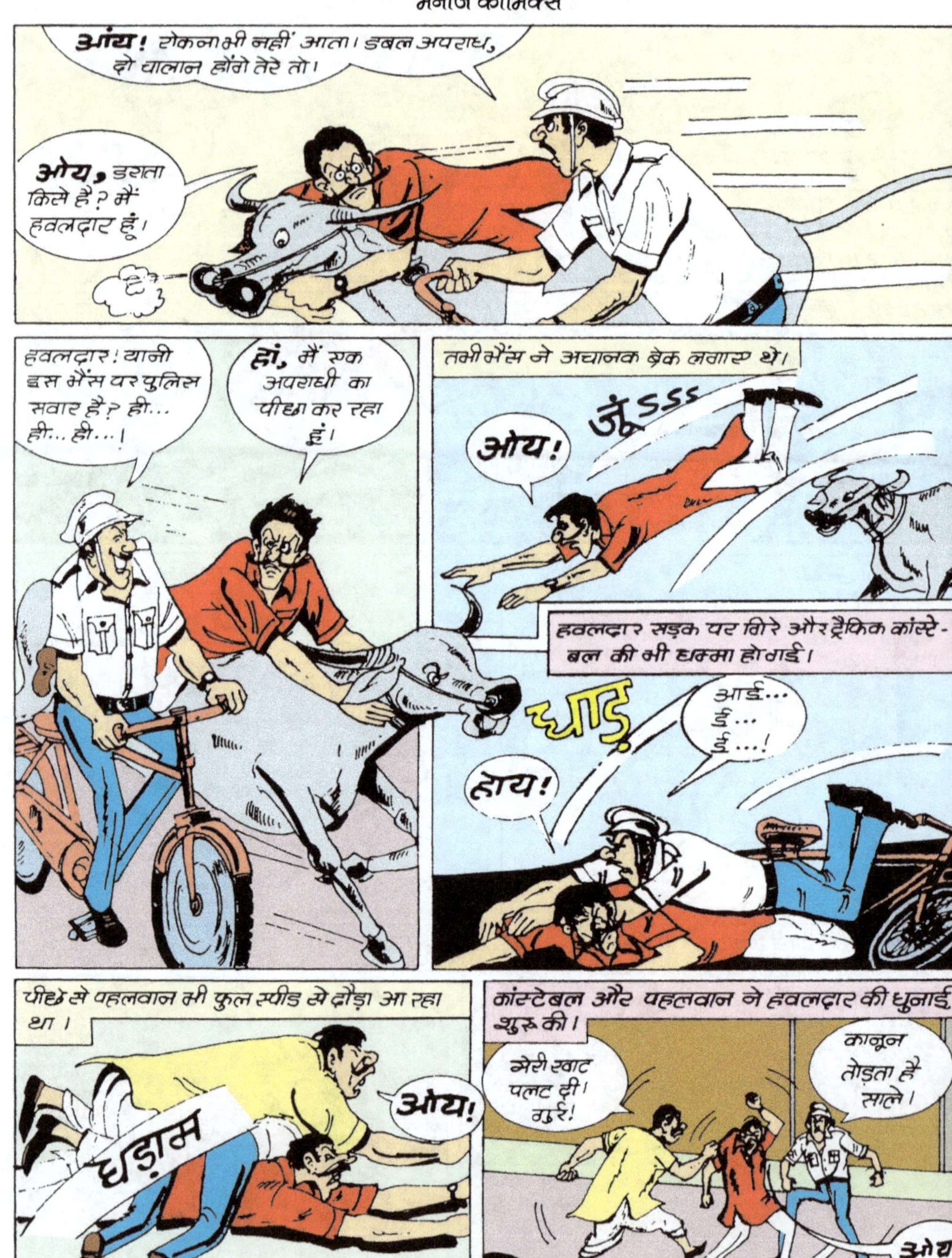
आंय! रोकना भी नहीं आता। डबल अपराध, दो चालान होंगे तेरे तो।
ओय, डरता किसे है? मैं हवलदार हूं।
हवलदार! यानी इस भैंस पर पुलिस सवार है? ही... ही... ही...!
हूं, मैं एक अपराधी का पीछा कर रहा हूं।
तभी भैंस ने अचानक ब्रेक लगाए थे।
जूंSSS
ओय!
हवलदार सड़क पर गिरे और ट्रैफिक कांस्टेबल की भी धुम्मा हो गई।
धाड़
हाय!
आई... डी... डी....!
पीछे से पहलवान भी फुल स्पीड से दौड़ा आ रहा था।
घड़ाम
ओय!
कांस्टेबल और पहलवान ने हवलदार की धुनाई शुरू की।
मेरी खाट पलट दी गुरू!
कानून तोड़ता है साले।
ओय!

तभी—
चर्र्...चर्र्...
क्या हो रहा है यह?
बचाओ सरजी!

यह क्या हंगामा है?
साहब! इस आदमी ने भैंस पर चढ़कर कानून की धज्जियां उड़ा दी हैं।
और मेरी चारपाई उलट दी है।

यह झूठ बोल रहे हैं सर! मैं तो गब्बरसिंह का पीछा कर रहा था।
भैंस पर चढ़कर? तुम्हारा दिमाग तो ठीक है हवलदार?
आंय, यह तो सचमुच में हवलदार है।

यह पहलवान तो तुरंत वहां से खिसक लिया था, लेकिन कांस्टेबल काफी शर्मिन्दा था।
म...माफ करना जी। हमने सोचा ही नहीं था कि भैंस पर चढ़ा आदमी हवलदार भी हो सकता है।
ठीक है, तुम जाओ! मैं इससे बात कर लूंगा!
गुर्र..!
अब बताओ, यह गब्बरसिंह का क्या चक्कर है?
मैंने गब्बरसिंह को पकड़ लिया था सर! मगर भैंस बीच में आ गई थी।
फिर उन्होंने खड्गसिंह को पूरी बात बताई।

क्या? तुम्हें तो हवलदार कहते हुए शर्म आती है। जाओ, डूब मरो चुल्लू भर पानी में।
खुद क्यों नहीं डूब मरता? गब्बरसिंह तेरी नाक के नीचे से भी तो निकल गया था। चुईं...!

हवलदार बहादुर फिर वापस उसी दुकान पर सब्जी खरीदने आगा।
ला भाई, आधा किलो बैंगन दे।
क्या गब्बर सिंह पकड़ में नहीं आया हवलदार जी?

ओय, तुझे कैसे पता कि वह गब्बरसिंह था?
मैं तो यह भी जानता हूं कि वह यहां क्या करने आता है?

क्या करने आता है, जल्दी बता?
उस वाली के नुक्कड़ वाली लोटा बिलिडंग के तीसरे माले पर गब्बर सिंह का भाई रहता है। वह रोज़ रात को उसके यहां सोने के लिए आता है।

उसी रात हवलदार भेष बदलकर लोटा बिलिडंग के इर्द-गिर्द घूम रहे थे।

यह पठान एक घंटे से यहां चक्कर लगा रहा है। चोर लगता है साला, इस पर नज़र रखनी होगी।

उधर— यूं घूमने से तो अच्छा है कि ऊपर चलकर उसके भाई के फ्लैट की निगरानी की जाए।
ओय, क्या बात है, कहां जा रहा है थूथी उठाए?
ऊपर!
क्या चोटी करने का इरादा है क्या?
झापड़ दूंगा साले। मैं तुझे चोर दिखता हूं?
और क्या थानेदार है?
च्चाड़
अबे ओय!
साले, अभी पुलिस को बुलाता हूं, फिर पता चलेगा कि तू चोर है या थानेदार!
ओह! अगर इसने पुलिस को बुला लिया तो फिर गब्बरसिंह यहां नहीं आएगा।
अबे हट!
आह!

भाग गया साला!

इमारत से कुछ दूर आकर –
क्यों न इमारत में पिछली तरफ से घुसने की कोशिश की जाए।

फिर एक लम्बा चक्कर लगाकर वह इमारत के पीछे पहुंच गया।
इस पाइप पर चढ़कर छत पर पहुंच जाता हूं। वहां से नीचे उतर जाऊंगा।

और फिर–

छत के निकट पहुंचने पर–
ओह!
ही...ही... ही....!

क...कौन है बे तू ?
मैं भी चोर हूं। तू काम करने आया है और मैं काम करके जा रहा हूं। ही...ही...ही !

ओह! अगर अब इस चोर को पकड़ता हूं तो गब्बर सिंह हाथ से निकल जाएगा।
क्या सोच रिया है उस्ताद! ला हाथ दे।

हवलदार ने अपना हाथ उसे थमा दिया। हवलदार के छत पर पहुंचने के बाद—
अच्छा प्यारे, हम तो चलते हैं। ही...ही...ही...!

इसे कहते हैं पॉलिसी। बड़े अपराधी को पकड़ने के लिए छोटे को छोड़ दिया।

नीचे तीसरी मंजिल पर आकर—
सत्यानाश! मुझे यह तो पता ही नहीं कि गब्बर के भाई का कौन-सा फ्लैट है?

उधर एक फ्लैट में—
आंय! यह अलमारी किसने खोली?

ओय! रामप्यारी, हम लुट गए। अपने घर में चोरी हो गई।
चोरी...!

और उन्होंने शोर मचा दिया—
चोर चोर...
अरे बाप रे!
चोर...हम लुट गए...!

क्या हुआ?
कौन है?
फ...फंस गया!

अरे! वह रहा चोर।
पकड़ो!

उधर शोर सुनकर नीचे से चौकीदार भागा आ रहा था।
अरे! यह तो वही है!
अरे बाप रे!

पकड़ लिया।
ओय! छोड़ दे मुझे। म...मैं हवलदार हूं।

अबे, वह देखो गब्बरसिंह आ गया। छोड़ दो मुझे।
आंय! यह मुझे पहचानता है?
ही...ही...ही...! अबे हम क्या बच्चे हैं, जो हमें गब्बरसिंह का नाम लेकर डरा रहा है?
हां, गब्बरसिंह की तो वीरू और जय ने हुटटी कर दी थी।
अबे, मैं उस गब्बरसिंह की बात नहीं कर रहा। यह भी गब्बरसिंह है!
यह कोई खतरनाक बंदा लगता है।
मुझे निकल लेना चाहिए।
अबे पकड़ो, वह भाग रहा है।
और जुलूस रवाना हो गया। यह कौन है...?
चोर है...!
चोर है...!
चोर है!
बैठ जा चुप करके।
ले चलो...!

कुछ देर बाद थाने में –
यह क्या तमाशा है ?
तमाशा नहीं, हम लोग चोर को पकड़ कर लाए हैं इंस्पेक्टर साहब !

तो यह चोर है !
ही... ही... ही... ! आपने भी हमें नहीं पहचाना सर! इसका मतलब, हम बहुत धांसू मेकअप करते हैं।

हवलदार बहादुर, तुम ?
आदाब हुज़ूर !
???

यह क्या मज़ाक है हवलदार ?
बाद में बताऊंगा सरजी! पहले इन सब सालों को पकड़कर हवालात में सड़ाऊंगा। मुझे गधे पर बिठा दिया सालों ने!
वे लोग घबराकर माफी मांगने लगे। पूरी बात जानने के बाद खड़गसिंह बोला–
इन बेचारों की कोई वालती नहीं है। तुम चोरों की तरह वहां गए क्यों थे?
मैं तो गब्बरसिंह को पकड़ने गया था।

हवलदार, यह काम तुम्हारे वश का नहीं है।
तो फिर आप चलकर उसे पकड़ लीजिए। वह लोटा बिठिंडा में अपने भाई के घर में छुपा हुआ है।

कुछ देर बाद—
यहां तो ताला लगा है।
लगता है गब्बर सिंह अपने भाई के साथ भाग गया है।

यह सब तुम्हारी वजह से हुआ है। अगर तुम मुझे बता देते तो मैं जाल बिछाकर उसे पकड़ लेता।
हमसे भूल हो गई सर! क्षमा कर दीजिए।

वापसी पर—
देखो हवलदार! कल से हम पुलिस सप्ताह मना रहे हैं। हमें जनता को अपना शिष्टाचार और प्रेम दिखाकर उनका मन जीतना है। अत: कम से कम इस सप्ताह के लिए अपनी मूर्खताओं पर काबू रखना।

अगली सुबह—
न... नमस्कार हवलदार साहब!
पुलिस सप्ताह
नमस्कार!

क्या चमत्कार है? यह हवलदार तो यहां रिक्शा खड़े करने पर रोज ही डांट लगाता था।

कुछ आगे बढ़ने पर—
ओय, क्यों मार रहे हो इसे?
यह जेब कतरा है जी!
ओह! पुलिस!
मेरी जेब काटने की कोशिश कर रहा था।

हवलदार बहादुर उस दिन शिष्टाचार का जामा ओढ़े हुए थे।
आंय! यह शरीफ आदमी है?
तो क्या जान से मार डालोगे एक शरीफ आदमी को?
फिर हम क्या करें?

आपने ठीक पहचाना हवलदार जी! मैं बहुत शरीफ आदमी हूं। ही...ही...ही...!
हे...हे...हे...! तुम जाओ भाई। आखिर जनता की सहायता करना हमारा कर्तव्य है।

धन्यवाद जी!
अरे! रोकिए उसे हवलदार जी!
चुप रहो, वरना एक शरीफ आदमी को पीटने के आरोप में अंदर कर दूंगा।

कुछ देर बाद थाने में—
क्यों हवलदार, पुलिस सप्ताह के पहले दिन तुमने कौन-सा अच्छा काम किया है?
ही...ही...ही! एक शरीफ आदमी की मदद की श्रीमान।
और उन्होंने अपना कारनामा सुना दिया।

क्या... तुमने जेब कतरे को छोड़ दिया?
लगता है आपको बहुत खुशी है जी, तभी तो उछल पड़े। ही... ही... ही...!
जवाब में खड़गसिंह ने उनको तगड़ी डांट लगाई!
उधर एक बैंक के बाहर—
लललू-कल्लू, तुम दोनों तैयार हो ना?
बिलकुल तैयार हैं उस्ताद!

कुछ देर बाद —
चलो!
BANK OF JHARODA

धांय
हैण्ड्स अप!
ड... डाकू!

शोर मचाया तो गोली अंदर और दम बाहर कर दिया जाएगा!

और फिर—
ओए! जल्दी से सारा कैश इस थैले में भर दे।
न... नहीं भरूंगा!

अबे, इंकार कर रहा है, गोली मारकर आंख फोड़ दूंगा तेरी।
न... नहीं!

और फिर कैशियर ने थैला भर दिया।
ल... लो! मेरी आंख मत फोड़ना।
नहीं देता तो फोड़ देता ही... ही... ही!

फिर—
धांय
धांय

डाकू!
पकड़ो!
जू SSS

हवलदार बहादुर उस समय गश्त पर थे।
आंय...! बड़ी तेज जा रहे हैं यह!

उन्होंने तुरन्त अपनी मोपेड घुमाई और कार का पीछा करना शुरू कर दिया।
उन्हें रोकना चाहिए!
ओह! पुलिस उनके पीछे लग गयी है।
हां, अब वह तीनों पकड़े जायेंगे

उधर—
उस्ताद, पुलिस हमारे पीछे लग गई है।
बुरा हुआ।
कुछ करो उस्ताद!

उस्ताद ने कार फुल स्पीड से दौड़ा दी।
ओय! हट जाओ।

इस केस में हवलदार ने जबरदस्त बहादुरी दिखाई थी।
झ्ज़रं SS
चरर्र...चरर्र....

कार को घेरने के लिए उन्होंने शॉर्ट कट लगाया।
चररर्र

और—
चरर्र... चरर्र...
ओह! फंस गए!
ही... ही... ही...!

हवलदार को यह पता नहीं था कि वह लोग बैंक लूटकर आ रहे थे।
क्यों भाई लोगो तुम हवा-हवाई क्यों बने हुए थे?
वो जी... बात यह हैं कि...!

अरे! इतना डर क्यों रहे हो? घबराओ मत भाई। मैं तुम्हें गिरफ्तार करने नहीं आया हूं ही... ही... ही...!
आंय! तो फिर तुम हमारा पीछा क्यों कर रहे थे?

यह बताने के लिए कि तेज़ ड्राइविंग खतरनाक होती है।

ओह! यह बात है। तो हम अब जायें?
हूं!
बेकार ही डरा दिया था साले ने।

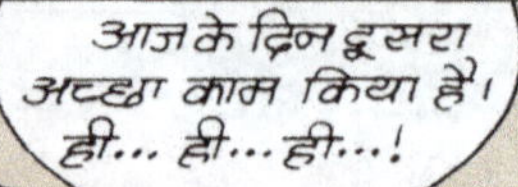
POST OFFICE

आज के दिन दूसरा अच्छा काम किया है। ही... ही... ही...!

वापसी पर हवलदार जब बैंक के सामने से गुजरे—
आंय! यहां क्या हो गया?
अरे! यही तो डाकुओं के पीछे गए थे।

क्या रहा, लुटेरे पकड़े गए या नहीं?
कौन-से लुटेरे सर...?

क्या? तुम्हें यह भी नहीं पता कि उस कार में बैंक लुटेरे भाग रहे थे।
म...मुझे नहीं पता था जी। मैं तो शिष्टाचार के नाते उन्हें गाड़ी धीरे चलाने की नसीहत देने गया था। ही...ही... ही...!

शटअप! यू फूल! भाड़ में जाए तुम्हारा शिष्टाचार।
इसके दिमाग का पेंच सचमुच ढीला हो गया है। खुद ही तो मुझे शिष्टाचारी बनने को कहा और अब पूरा फाटक खोलकर चिल्ला रहा है। ही-ही-ही!

फिर उन लुटेरों को पुलिस तो नहीं ढूंढ पाई थी, लेकिन वाछबरसिंह ने उनका पता निकाल लिया था।
तो यह बैंक डकैती मघन उस्ताद ने डाली है। मघन उस्ताद से अपना हिसाब चुकाने का अच्छा मौका है।

कार पार्किंग से वह रूक कार चुराकर मघन उस्ताद के घर की ओर रवाना हो गया।
MANOJ COMICS

कुछ देर बाद-
मुख्य द्वार पर तो पहरा होगा, दीवार फांदकर अंदर जाना होगा।

गब्बर सिंह मकान की चार दीवारी पर चढ़ कर दूसरी ओर कूद गया।

वह मकान के पिछले दरवाजे पर पहुंचा...

...और उसने एक तार की मदद से दरवाजे का ताला खोला।

जब वह कॉरीडोर से गुजर रहा था—

उस्ताद यात्रा का प्रबंध करके आते ही होंगे।

हां! सारा माल लेकर हम आज ही यह शहर छोड़ देंगे।

बड़ा मजा आएगा। खूब ऐश करेंगे।

ऐश करने के लिए ही तो बेंक लूटा है।

तभी–
धड़ाम

क... कौन हो तुम ?
पि... पिस्तौल !

क...क्या चाहते हो तुम ?

बैंक से लूटा हुआ माल कहां है, जल्दी बता ?
माल...?
हमें नहीं पता !

गब्बरसिंह ने उन दोनों को बांध दिया।
ब... बताता हूं !
बता, वरना गोली चलाकर जान गायब कर दूंगा।

लल्लू ने सच बता दिया और फिर—
गुड!

वाकबरसिंह बाहर आ गया।
अब यह सारा माल मेरा है।

वापस जाते हुए वह काफी तेज गाड़ी दौड़ा रहा था। अचानक—
ओह! टायर फ्लैट हो गया!

गाड़ी सड़क के बीच रुकने की वजह से रास्ता जाम हो गया था।
पीं'ऽऽ
पीं'ऽऽ

हवलदार बहादुर भी वहीं गश्त कर रहे थे।
ओह! उस बेचारे की कार बिगड़ गई है।

ओय! जल्दी डिक्की खोलो अपनी!
ओह! यह तो वही हवलदार है।

धबराकर उसने हवलदार को धक्का दिया...
ओय...!

...और भागा खड़ा हुआ।
आंय, यह भागा क्यों?
अरे, पकड़ो!

ट्रैफिक जाम होने के कारण वहां रुके लोगों ने गब्बर सिंह को दबोच लिया। हवलदार को बीरा कर मारा रहा था।
चोर है शायद?

तबतक हाथापाई में उसकी नकली दाढ़ी-मूंछ उतर गई थी। तभी हवलदार भी वहां आ पहुंचे।
अरे! यह तो ससुरा गब्बरसिंह है।
अब तो जेल की हवा खानी ही पड़ेगी।

© Manoj Publications

अफ्रीकी जादूगर झोलमोल को पंगा लेने में बहुत आनंद आता था। किंतु रोज-रोज जंगली जानवरों और अपने ही कबीले वासियों से पंगा लेते-लेते झोलमोल कुछ ऊब गया। अत: अब वह चमड़े के पन्नो पर एक जादुई ग्रंथ लिखने लगा।

संयोगवश वह पंगाग्रंथ हवलदार बहादुर के हाथों में लग गया और वह उसे खोल बैठे...

कैसे क्या हुआ? जानने के लिए पढ़ें इस दशक का सबसे मजेदार 96 पेजों का सुपर विशेषांक

हमारा वायदा – हवलदार बहादुर का हर विशेषांक एक से बढ़कर एक होगा।

हवलदार बहादुर और पंगाग्रंथ

भारत का सर्वाधिक बिकने वाला हास्य कॉमिक्स

देख रहे हैं न आप, आजकल कैसा स्टाइल मारने लगे हैं अपने हवलदार बहादुर। हां भई, मारें भी क्यों न, तकदीर जो अच्छी है इनकी। करते हैं उल्टा, होता है सीधा।

आपके चहेते **हवलदार बहादुर** की पंगेबाजियों से भरा एक और हास्यपूर्ण कॉमिक्स

हवलदार बहादुर और झनझन टोपल्

www.ingramcontent.com/pod-product-compliance
Lightning Source LLC
La Vergne TN
LVHW011302210726
843509LV00016B/49